KB094826

우드둥둥 우드드드둥

초판 1쇄 펴낸날 2023년 10월 13일 | 2판 1쇄 펴낸날 2024년 4월 5일 | 글 그림 세하 원미경 | 기획 구윤민 | 디자인 김미나 · 정은미
발행처 도서출판 산책 강원특별자치도 춘천시 우두강둑길 185 T 033.254.8912 | ISBN 978-89-7864-136-4 ⓒ 원미경

우두둥둥 우두두두둥

세하의 우두동 그림산책

글 그림 세하 원미경

일러스트
시사만화가 유환석

2020년 봄,

세상은 전과 달라져 있었다.

나는 밖으로만 향하는 시선을 거두고,

우두동을 걸었다.

집이 보이고, 길이 보이고,

꽃이 보이고, 수없이 많은 종류의 나무가 보였다.

오랫동안 맘 속에서 옹크리고 있던

어린 하이디가 걸어나와

알프스 산맥,

하이디의 오두막에 있는 전나무를 닮은,

커다란 나무에 등을 기대는 모습을 보았다.

그 나무의 이름을 '세하나무'라고 하고,

처음으로 펜을 잡고 우두동을 기록하기 시작했다.

Contents

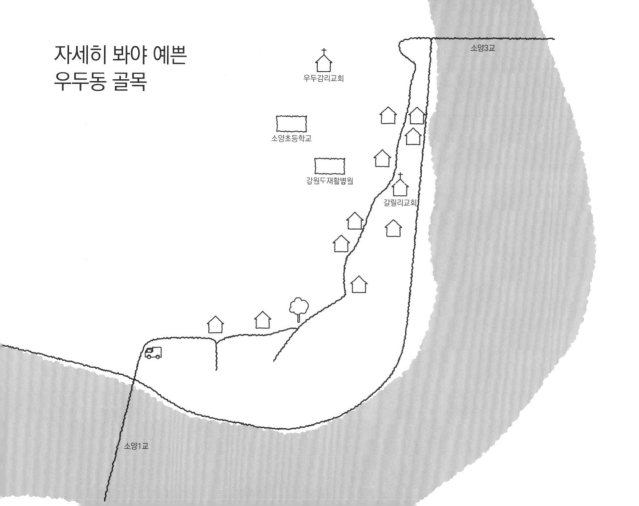

자세히 봐야 예쁜
우두동 골목

우두감리교회

소양초등학교

강원도재활병원

갈릴리교회

소양3교

소양1교

삶의 노정에서 문득 밖으로만 머물던 풍경들이 안으로 향하는 지점이 있다. 3년여 전에 문득 옛 풍경과 정겨움이 많이 남아 있는 가까운 우리 동네 '우두동'이 보이기 시작했다.

우두동 골목을 수없이 다니며 우두를 '살만한 곳'이라 읊은 옛 기록들이 이해되기 시작했고, 우두를 그림으로 기록하던 어느 순간부터 마음속에 단편영화의 필름처럼 이어지는 몇 가지 모양으로 우두의 길이 나게되었다. 그 첫 우두 골목 여행으로 소양1교부터 소양3교로 이어지는 강변 옆으로 형성된 우두 하리 골목길을 먼저 걸어본다.

우두동은 다정한 반전이 기다리고 있다

비 오는 소양1교는 영화 애수를 연상하게 된다. 또 안개와 햇살에 의해 다양하게 변주되는 모네의 그림 워털루브릿지가 상상되기도 한다.

다리 난간마다 자리한 생명의 전화 문구와 전쟁 그리고 안개로 이어지는 삶의 우울한 단면들을 생각하며 다리를 건너면 우두동의 다정한 반전이 기다리고 있다.

보랏빛 오동나무꽃 아래
성주참외 트럭

다리 건너 바로 15년 이상 그 자리를 지키고 있는 성주참외 트럭이 있다. 4월이면 성주참외 트럭 위로 오동나무꽃이 연초록 버드나무 늘어진 가지 옆에서 진보랏빛 황홀함을 드러내는데, 올해도 어김없이 하늘 아래 나무꼭대기부터 보랏빛 꽃물이 들기 시작했다.

이젠 무심한 익숙함으로 우두동 깊이 자리한 풍경이다.

꽃차로 전하는 봄

우두동 강변코아루아파트 앞
넓은 공터에는 봄이면 꽃차가 온다.

각종 호접란과 비닐포트에 담긴 채로
예쁜 화분에 담아 갈 주인을 기다리는 각양각색의 봄꽃들.

다소 무료한 표정으로 하루를 견디며
손님을 기다리는 주인과 달리 꽃차는 생기를 자체발현한다.

우두동의 집들은
나무를 품고 있어 아름답다

성주참외 트럭을 지나 강변코아루아파트를 옆에 두고 우두동 옛 마을로 들어선다. 원래 집터보다 대지를 엄청 더 돋아 올려 지은 아파트 때문에, 계단을 밟고 내려가야만 하는 동네는 작은 야생화를 살피듯 자세히 들여다봐야 예쁘다.

골목으로 들어가는 또 다른 초입에 있는 집 뜰 안에는 감나무, 대추나무, 고욤나무, 멀리 벚나무도 보인다. 우두동 집들은 모두 나무를 품고 있어 아름답다.

벽화가 아름다운 집

어떤 마음이 빨랫줄에 널린 양말, 손수건, 곰인형 그리고 파랑새를 담벼락에 그렸을까?

오래된 골목에서 느껴지는 약간은 공허하면서 경직됐던 기분이, 이 엉뚱하면서도 발랄한 그림 앞에 무장 해제된다.

그 많던 동네 아이들은
어디로 갔을까

한여름 그늘이 풍요롭던 느티나무 쉼터엔 동네 새들만이 집을 짓고, 시끌벅적 아이들이 뛰놀던 골목엔 '노인보호구역' 글자 선명하다.

그 많던 동네 아이들은 다 어디로 갔을까.

이제 어김없는 계절의 조락 앞에 그리움 붉은 낙엽으로 내린다.

넝쿨장미 그 붉은 빛

빨간 넝쿨장미가 풍성한 집을 만난다.

지난여름, 인적도 없건만 길모퉁이 반사경에 비친 제모습에 취한 듯 다투며 피어난 넝쿨장미. 그 붉은빛이 선연해서 골목의 고요가 문득 낮은 슬픔으로 가슴속에 자리했었다.

동네 골목 카페

우두동 골목에는 골목 카페도 있다. 각양각색의 의자가 각기 다른 디자인으로 배치되고 커피는 담을 넘어 픽업해야 하고 메뉴는 봉지 커피믹스 하나다.

이곳에서 청춘과 노년을 고스란히 맞은 동네 아주머니들의 골목 사랑방이다.

구멍가게 간판에서
옛 영화를 추억한다

골목에는 옛 구멍가게의 흔적들이 정겨움을 더한다. 이제 더이상 사람들이 살고 있지 않은 '예은상회', 가게를 그만둔 지 20년이 다 돼간다는 딸부잣집 '공주상회'도 간판만은 그대로 남아 옛 영화를 추억한다.

'공주상회'집 사이좋아 보이는 두 부부가 더듬는 옛 기억은 정겹기만 하다. 지금도 선명한 간판의 휴대전화 번호로 한참 주문도 받고, 배달도 가고, 한때 이 골목에서 남부럽지 않은 대상이었다고 한다. 출입문 유리에 다닥다닥 붙은 지 오래된 스티커가 점방 문 닳도록 드나들던 동네 꼬마들의 발걸음을 고스란히 보여준다.

대문 옆에 있는 잎이 큰 나무는 엄나무인데, 예전부터 귀신 쫓는 의미로 대문 앞에 심었다. 별 탈 없이 일가를 이루고 지금까지 '공주상회'의 기억을 안고 사는 행복도 저 엄나무 덕은 아닐지 생각해 본다.

우두동은 파밭도 설렘이다

골목을 깊이 들어서면 파밭이 아름다운 집을 만난다. 하늘조차 황사로 회색빛으로 드리운 봄날, 녹색의 파밭에 빠져있을 때 후두득… 새 두 마리 날아간다.

파밭도 이렇게 유혹적이니, 우두동의 모든 것이 오늘도 여전히 설렘이다.

풋사랑 하트 닮은
설익은 감

철재 대문 앞에 저런 우유 주머니 하나 거는 것도 빡빡한 살림에는 위안이었으리라. 올망졸망 도토리 키를 재듯 자라는 아이들, 금세 장대처럼 자랄 것 같은 애틋한 소망도 그 주머니 속에서 부풀고 있었으리라. 내 엄마가 그랬듯이….

이제 곧 가을이 오리라고. 내 사랑도 말랑말랑한 붉은 홍시처럼 성수해 가리라고. 풋사랑을 닮은 설익은 감나무는 나무 한가득 초록빛 새콤한 하트를 걸어놓고 기원하고 있다.

빨간 나비떼가 나는 듯
강낭콩 꽃

빨간 나비 떼가 담을 타고 하늘로 오르는 듯한 강낭콩꽃을
본 적이 있는가?

어느 날 골목집 담벼락에 핀 꽃이 어찌나 아름답던지….
그날은 그 빛이 가슴속에 붉은 덩굴을 이루며 자리했었다.

담벼락이
사계의 캔버스

담벼락이 사계의 캔버스인 집도 있다. 이 집은 여름이면 머위는 나무처럼 키가 크고, 깻잎은 하룻밤에 한 장씩 식구를 늘리며, 고추나무엔 고추보다는 꽃이랑 잎만 무성하다.

우두동 골목마다 꽃과 나무가 풍성한 집들을 보면 옛사람들이 집을 가꾸는 마음과 정성이 느껴진다. 이제 낮에는 인적을 찾아보기 힘든데도 봄이면 어떤 화분보다 더 고운 파 화분이 골목에 자리하고 있고, 집들 사이에 자리한 밭들에는 파종이 이루어져 각종 작물이 키를 다투며 피어나곤 한다.

계절이 바뀌는 시간

신의 축복이 우두교회 앞을 저리도 풍요롭게 만들었을까?

온갖 자연의 색을 모두 담고 있는 지금의 풍요가 참 아름답다. 이제 계절이 바뀌는 지점에서 나무는 나무대로, 담쟁이는 담쟁이대로, 콩잎은 콩잎대로 가을로 물들어 가고 있다.

예술이 흐르는
수선집

동부수선 아주머님은 수선도 예술이라 했다.
블라우스 가운데 단추를 달아달라는 수선이 있었는데, 보석
단추로 예쁘게 마감하고 그 작업이 마음에 들어 너무 즐겁
다고 하셨다.

아저씨는 마스터인쇄공이었다고 한다. 털거덕 털거덕 인쇄물을
하나씩 뱉어내는 인쇄기계를 만진다는 것, 얼마나 멋진 일인가.
이제 점차 사라져 가는 마스터인쇄, 잊혀가는 것을 몸으로
기억하는 일은 참 소중하다. 두 분 다 예술가이시다.

우두동의 가을이
붉은 감으로 영글었다

지난 세월의 흔적을 지워내느라 급급했었다.

세월의 잔유물이 자양분 되어, 새순을 밀어내 돋게 하고 꽃잎은 더 환한 생명력으로 빛난다는 것을 몰랐었다.

봄이 가고 여름이 오고, 새싹이 돋고 꽃이 피고 진 자리에 가을이 새살처럼, 붉은 감으로 영글었다. 가지가 부러질 듯한 풍요로움으로 맞는 우두동 가을이다.

까치밥으로 전하는
우두동 인심

꽃도 지고 낙엽도 졌건만 아직도 켜켜이 그들의 흔적이 혼재한 뜰을 보며 생각한다.

주홍빛 선연함으로 가슴 떨리던 감나무, 봄꽃으로 그 존재를 알게 된 자두나무, 안뜰에 자리했던 밤나무. 겨울로 가는 풍경은 이렇다 할 요소는 없다. 집은 집대로 나무는 나무대로 감싸는 모든 치장을 거두고 온전히 제 모습으로 선 느낌. 그래서 11월이 좋다.

가지가 부러질 듯 많던 감들은 누구의 시간을 달콤하게 했을까? 까치밥으로 남은 몇몇 감들이 우두동의 인심을 전한다.

자비라는 그윽한 말

월요일마다 절주인은 어디로 떠나는 것일까? 우두동 골목에는 자비사라는 작은 절이 있다.

골목으로 들어 온 절이 낯선 풍경이기도 하지만, 문득 반쯤 열린 문을 밀고 들어가, 내 길의 안부를 묻고도 싶다.

자비라는 그윽한 말을 그리는 내내 새겨보았다.

행화우杏花雨에 꽃 지고

살구꽃 필 무렵에 내리는 비를 행화우杏花雨라고 하며, 예전에 주막에 주로 살구나무를 심었는데 이를 살구꽃 피는 마을 즉, 행화촌杏花村이라고 하였단다.

우두동엔 언제 살구씨가 발아하며 싹이 나고 자라서 나무가 됐는지 너무 아득해 보여서 신령스러운 살구나무가 있는 집이 있다.

작년엔 지붕 위 꼭대기 가지에만 하늘에 걸쳐 꽃이 피었는데, 올봄에는 가지가지 빼곡히 살구꽃이 환하게 펴서 반가웠는데 행화우에 그만 안타깝게 일시에 져버렸다.

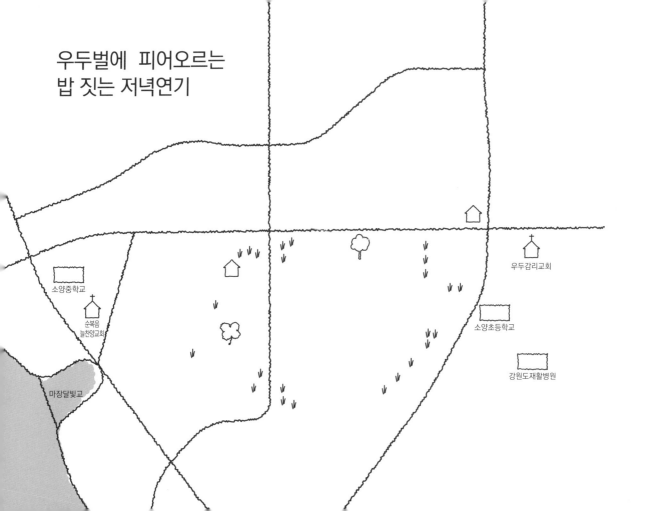

우두벌에 피어오르는
밥 짓는 저녁연기

소양중학교

순복음
늘찬양교회

마장달빛교

우두감리교회

소양초등학교

강원도재활병원

봉의산 산록의 소양정에서 바라보는 '소양팔경' 중 '우야모연牛野暮煙'이 있다. 정물도 아닌 '우두벌에 피어오르는 밥 짓는 저녁연기'를 팔경의 하나로 꼽은 그 풍류와 그 풍경이 주는 아련함으로 각인된 우두동.

밥 짓는 저녁연기는 사라졌지만, 질 좋은 농산물 산지로 이름난 우두벌은 여전히 아름답다. 자고 일어나면 새길이 나고 새 아파트가 생기는 요즘이지만, 농로에 야생화가 피고 이름 모를 곤충들이 작물과 속도를 맞추며 성장한다. 논길을 따라 산책하는 맛은 우두동에서 누릴 수 있는 호사다.

토끼풀밭도 그림이다

우두성당을 지나 새로 난 4차선 도로를 따라가다 보면 길섶 아직 경작하지 않은 농지에 넓게 자리한 토끼풀밭을 만난다. 어릴 때 보았던 여리여리한 토끼풀보다 키는 한 뼘 더 크고, 꽃송이도 제법 탐스러워 마치 작은 수국을 보는 듯하다. 넓게 펼쳐진 토끼풀밭 뒤로 아파트가 군락을 이루고 있는 모습도 이젠 피할 수 없어 사랑하려고 한다.

토끼풀은 녹비작물이라고 한다. 녹비작물은 녹색 작물의 줄기와 잎을 그대로 논이나 밭의 거름으로 사용하기 위해서 가꾸는 작물이다. 토끼풀은 식물 생장에 필요한 질소를 공급해서 토양을 비옥하게 만드는 역할도 한다. 내년에는 토끼풀이 사라진 밭에 기름진 작물이 쑥쑥 자랄 것을 기대한다.

우두동에서는 한순간도 머물러 있는 것이 없다

우두동에선 하루도, 한순간도, 그대로 머물러 있는 것은 없다. 나고, 지고, 피고, 자라고 그리고 흔들리고….

한창이던 노란 꽃다지 시들고, 맹렬히 나무를 타고 오르는 덩굴식물 옆에는 고사해 가는 나무도 있다. 그가 쇠락한다고 해서 그의 운명을 바꿀 방법이 내겐 없다. 그저 자연의 섭리를 지켜볼 뿐.

우두벌은 봉의산도 품고

우두벌은 북한강과 소양강에서 운반되어 내려온 충적토로 이루어지고, 토사 물질이 쌓여 퇴적층을 형성하여 평야 지대로 발달하였다.

봄이면 금빛 아침 햇살 아래 트랙터가 부지런히 논을 갈고, 농부들은 삼삼오오 논길에 나와 한 해 농사를 계획한다.

트랙터가 갈아놓은 논물 속에 봉의산이 담겨 있다.

소양강만 봉의산을 품은 줄 알았는데 강을 건너 먼 곳에서 달려와 자리한 봉의산의 위용이 신비하기만 하다.

쭉 뻗은 농로는
삶에 생기를 준다

예전과 달리 고속도로처럼 뻗은 농로는 새로운 생기를 준다. 우두벌에는 아름다운 농로가 많다. 논 가운데로 쭉 뻗은 농로를 따라가면 아름드리 은행나무 뒤로 이팝나무가 군락을 이루고 있다. 주인이 마련해 놓은 평상에 앉아 숨을 돌리면 바람이 다가와 시간을 정지시킨다.

지난겨울 폭설이 내린 날엔 이 농로에 서서 하늘을 가득 채우며 하강하는 이팝나무 꽃송이 같은 눈을 온몸으로 안은 적이 있다. 그 눈꽃들이 다시 벼 싹을 틔울 것이다.

목련꽃 달빛보다 환하고

잠시 길을 벗어나 농로 끝까지 가면 북부새마을금고 건너편 집에 커다란 목련 나무가 하늘을 찌를 듯이 서 있다.

이른 봄에는 밤마다 목련꽃이 달빛보다 환하고, 발레 슈즈 한 짝 같은 꽃잎들이 나풀대며 군무를 추곤 했다. 이 동네에서 오래 농사를 지으며 농업 발전을 위해 애쓰시던 분의 댁이라고 한다. 이제껏 가꾸던 농지에 점차 아파트가 들어서고, 연로하셔서 농사기 더는 어렵다는 얘기를 들었다.

우두벌에서 말 달렸을까

길 건너 새로운 아파트촌에 들어서면 잘 조성된 우두근린공원이 있다. 아파트를 짓느라 문화재를 발굴할 때 농경 유물이 많이 나왔다고 한다. 공원에는 이 사실을 전하는 작은 표지판이 있다.

신라 향가 〈모죽지랑가〉로 알려진 화랑 죽지랑도 우두에서 태어났다고 한다. 김유신과 함께 신라의 삼국 통일 위업을 달성하는 데 큰 공을 세운 인물이다. 죽지랑은 이 우두벌 너른 들판에서 말을 달렸을까? 장부의 기개를 키우기에도 우두동은 마땅한 곳이었을 것이다.

우두벌의 호수 같은 우두온수지

아파트 숲을 지나 농로를 따라가면 우두온수지가 있다. 소양강댐에서 흐른 물이 온도가 너무 낮아 농사에 맞지 않아 물을 가두고 햇빛으로 데워 공급했다. 내륙의 호수처럼 커다란 온수지에서 예전에는 겨울이면 스케이트를 타기도 했다. 지금은 겨울 철새 도래지로 또 다른 겨울 풍광을 만들어 내고 있다.

우두온수지는 멀리 화악산과 북배산을 물속에 그대로 품고 있다. 화악산과 북배산의 정기가 고스란히 스며든 우두온수지, 그 물로 자란 우두뜰이 어찌 풍요롭지 않겠는가!

우두동의 아침은
자연의 시간이다

소양3교

우두감리교회

소양초등학교

강원도재활병원

갈릴리교회

소양1교

우두동의 아침은 멀리 대룡산을 넘어오는 아침 햇살로 시작된다. 소양 팔경에서 이름하는 '고산낙조孤山落照'도 아름답지만, 우두동의 일출이 강에 비친 모습을 보면 여느 붉은 노을 못지않게 아름답다. 새벽 공기 가 주는 청량함을 또 어떤가. 어떤 날은 새벽안개와 어우러져 선상에 있는 듯한 착각을 일으킨다. 그즈음 아침 강가에 배를 띄우고 뱃전에 앉아있으면 그동안 알았던 춘천과 우두가 허상이었음을 알게 된다.

비밀의 숲에 발을 디디면

겨울이 되어야만 하얀 목화솜 같은 꽃이 피는 곳이 있다. 여름이면 버드나무와 버드나무가 머리 맞대고 꾸물대는 작은 생명체 약동, 그 비밀스러움을 지켜주고 있는 곳.

나무다리 건너 비밀의 문을 열고 그곳으로 들어가면, 우스꽝스럽게 생긴 요정들이 말을 걸고, 밤새 뛰놀다 지친 아기 고라니와 온갖 새들이 그들의 언어로 화답할 것만 같은 곳이다.

우두동의 아침은
자연의 시간이다

겨울이면 상고대 눈꽃이 아름다워 소양강 상고대라 불리는 곳이다. 이곳에선 아침이면 밤새 대룡산을 넘어온 찬란한 햇살이 강 위에 낮게 드리운 운무를 걷어내고, 그 눈부심에 나무 밑동 아래 지렁이는 눈 흘기며 얇게 덮은 흙 이불을 젖히며 아침을 맞이하기도 한다.

푸드득… 이름 모를 큰 새가 허공 한가운데를 날아오르면 분주하던 숲의 리듬이 일순간 숨 멎은 듯 정지되었다가 이내 온갖 새들과 곤충들의 교신, 그들만의 주파수로 강마을 땅과 하늘이 시끌벅적해진다. 이렇듯 우두동의 아침은 자연의 시간이다.

붉은 여뀌
아침 햇살에 고개 들고

신도 잠시 휴식을 취하는 이 고요에
붉은 여뀌는 아침 햇살에 고개 들고
물까치 떼 지어 허공을 나는구나.

어찌 이 아침에 감사하며
기도하지 않으리.

우두동 풀들이 눕는데 규칙은 없다

우두동 풀들이 눕는데 규칙은 없다.

바람의 마음을 쫓아… 바람의 일렁임대로….

무당거미도 거미줄 해먹에 몸 맡기고 바람의 일렁임대로 가볍게 흔들리고 있다.

홍료紅蓼는 여뀌의 한자 말이고, 자라면서 마디가 붉은색이 나고 가을이면 빨갛게 단풍이 든다. 논밭에 흔한 이 풀은 자연을 사랑하고 조화로운 삶을 꿈꿨던 옛 선인들의 한시나 그림에서 익숙하게 언급되었다.

흐리고 바람부는 늦봄
우두동은

비가 올 듯 흐리고 바람 불던 늦봄에는 버드나무는 모두 같은 방향으로 몸을 누이고 새들도 긴장한 낯빛으로 낮게 선회한다.

강물 속 고기들은 더 깊은 곳으로 내려가 뻣뻣해진 지느러미를 세우고 무리 지어 있고, 돌돌 조약돌들 사이로 물살은 빠르게 헤엄쳐 달아난다.

곧, 우두동엔 세찬 봄비가 내릴 것이다.

낮달맞이꽃
청버들을 비추고

초여름에는 강 가운데 작은 돌섬마다 진분홍 부처꽃이 자리해 강마을의 평온을 기원하기도 하고, 여름 한낮엔 낮달맞이꽃이 환한 조명처럼 늘어진 청버들 잎들을 비추기도 한다.

계절 사이에 서있는 쑥부쟁이

초가을이면 바람이 맘대로 넘나들도록 몸짓 가볍게 길 비켜주는 꽃, 소박한 쑥부쟁이가 계절 사이에 서 있는 적도 있었다.

이렇듯 소양 1교에서 소양 3교로 이어지는 강변 산책로는 계절마다 다른 모습으로 산책하는 사람들을 반긴다.

카누를 타고
강과 한 몸이 되어

산책하다 보면 우두동 앞 강에서 카누를 즐기는 모습도 이젠 낯설지 않다. 강가에서 보는 것과 강으로 들어가서 보는 강 풍경은 확연히 다르다.

강 밖에서 보는 모습은 그저 관조자의 시각이라면, 강 안에서는 배를 타고 강과 한 몸이 되어 강의 호흡과 바람의 흔들림을 온몸으로 느끼는 각별한 경험이다. 강은 그 안으로 들어오는 사람들에게 특별한 풍광을 선사한다.

소양강은 품이 넓어서

우두의 소양강은 품이 넓어서

하늘도 품고 구름도 품고,

버드나무도 품고, 풀도 품고

가을꽃도 품고….

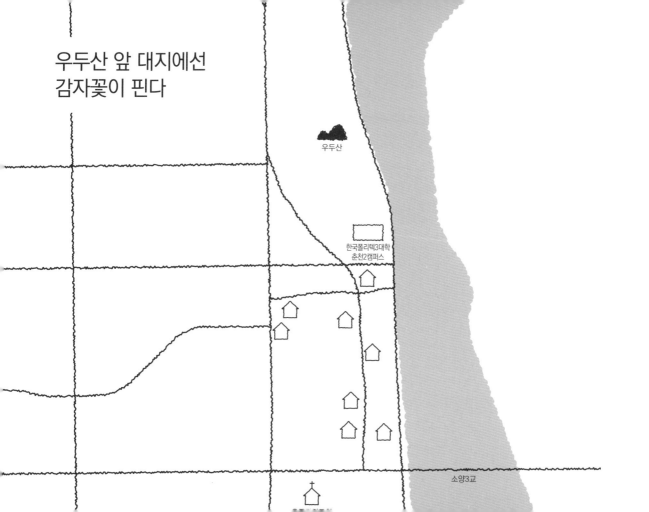

우두산 앞 대지에선
감자꽃이 핀다

우두산

한국폴리텍3대학
춘천2캠퍼스

소양3교

우두산 아래에서는 신석기 유적이 존재한 사실과 청동기 시대와 철기 시대까지 수많은 유적이 존재하였다는 사실도 발굴조사를 통해 확인되었다.

이중환의『택리지』에서도 우두동을 "춘천 우두촌은 소양강 상류에 두 가닥 물이 옷깃처럼 합류하는 그 안쪽에 위치하였다. 물가에는 돌이 있고, 돌 아래에 강이 있으며, 강 밖에는 산이 있다. 비록 두메 복판이지만 멀리 펼쳐져서 시원하고 명랑하며, 또 강 하류에는 배가 통하여 생선과 소금의 이익이 있다. 주민은 장사를 하여 부유하게 된 자가 많고, 맥국 때부터 지금까지 인가가 줄지 않았다."고 기록하고 있다.

아주 오래전부터 좋은 터와 풍족한 땅으로 춘천을 대표하였다.

우두산 앞 대지에선
감자꽃이 핀다

우두산은 우두벌에 자리 잡은 산이다. 우두산은 높지는 않지만 신성한 기운이 있어 그 앞의 대지에선 봄마다 새싹이 자라고, 감자꽃은 활짝 꽃을 피운다.

올해도 여지없이 감자꽃은 피고 지고 비옥한 토지에선 감자들이 튼실하게 결실을 보아 수확하는 농부들에게 기쁨을 안겼었다. 우두산은 춘천에 관한 많은 옛 문헌과 문인들에 의해 춘천의 상징적인 명소로 기록되어 왔다.

간절한 염원이 담긴
우두동 고인돌

유난히 비옥한 땅에서는 주거의 흔적도 발견되었다. 우두산 인근에는 우두동 1, 2호로 명명된 고인돌이 있다. 신석기 시대 사람이 살았던 흔적이다. 신석기인의 주거지는 잘 확인되지 않고 있지만, 크고 작은 발굴 조사를 통하여 신석기시대 유물이 확인되었다고 한다.

스쳐 지나가면 그냥 큰 돌이 땅에 박힌 듯 보이지만, 성혈이 선명한 고인돌을 확인하고 나면 그를 대히는 마음이 달라진다. 예로부터 전해오는 간절한 염원이 대지로부터 전해져 발 끝으로부터 가슴 속까지 작은 전율이 느껴진다.

뜰 안이 작은 과수원

고인돌이 놓인 정원은 골목 안에 위치한 뜰 안에 유난히 과실나무가 많은 집주인의 소유이다. 그 집 또한 각종 과실나무뿐만 아니라 인동덩굴 꽃담이 아름다운데, 집주인께서는 역시나 우두영농회장을 지내신 분이라고 했다.

지난해 그분의 부고를 접한 후 올봄 뜰 안에 과실나무들이 많이 사라져 안타까웠다. 과실나무를 돌보는데 많은 전문적인 손이 필요하다면 이런 선택은 아쉽지만 당연한 일이겠다고 생각했다.

녹색기와 빨간기와
머리를 맞대고

과실나무가 많은 영농회장님 댁 뒤로 작은 골목으로 들어서면 빨간 기와와 녹색 기와를 얹은 두 집이 어깨를 마주하고 있다.

계절이 익어가면 빨간 기와집 앞 밭에는 밤마다 종소리가 울린다. 범종 같은 꽃으로 피었다가 소리 없이 툭 떨어져 버리는 그 꽃. 촌스럽도록 파란 하늘 아래 빨강과 녹색 두 지붕 그리고 노란 호박꽃. 마치 세상만사 다 통과하라고 세 색깔 신호등 환하게 켜놓은 것 같다. 지지대도 없이 땅바닥에 낮게 자리한 이 호박은 땅호박이라고 한다.

진분홍 박태기나무

녹색기와 집은 봄이면 밥알을 튀겨놓은 것 같다고 해서 이름 붙여진 진분홍 박태기나무가 녹색 지붕과 화려한 대비를 이룬다.

밥알을 튀겨놓은 것 같다고 박태기나무라니 이팝나무... 조팝나무... 팝콘이 팍 튀겨져 파란 하늘로 하얗게 흩어져 날릴 것 같은 예쁜 이름도 많은데….

살구색, 복숭아색 오묘한 느낌, 색으로 만들어졌다넌; 이 톡톡 튀는 듯 진분홍을 오늘만 박태기색이라 불러주고 싶다.

얼마나 많은 시간
저 나무 자랐을까

얼마나 많은 시간
비바람 맞으며
저 나무 저렇게 자랐을까

내 진작
당신을 알았다면
당신께 엎드려

내 사소한 불면의 밤을
당신의 잎으로 포근히 덮고
토닥토닥 잠재웠을 텐데

어릴 때 참 좋아했던 책이 '알프스 소녀 하이디'이다. 하이디가
늘 기댔던 밤이면 윙윙 울음소리가 난다던 전나무가 떠올라 혼
자 세하나무라 이름했다. 우두동 골목이 더 아름답게 다가오
던 이유이기도 했다.

봄비에 실파도 키가 크고

봄바람이 대룡산을 넘어와 슬금슬금 우두동의 동태를 살피던, 그 시간. 트랙터가 충견처럼 지키던 밭에 실파가 자라고, 고추 모종이 제법 키가 컸다.

봄비 촉촉이 내리던 날, 모처럼 고추 모종이 온몸으로 춤을 추고, 대추나무 여린 잎은 고양이 세수한 맑은 얼굴로 환하게 웃네요.

천사의 나팔

오래된 집들 사이에서 크게 새로 지은 집이 낯설어 보였지만, 앞마당과 담 밖으로 이어진 꽃숲이 너무 좋았다.

저 앞에 노란 꽃, 나팔처럼 생긴 저 꽃의 노랑이 자꾸 밟혀서. 땅을 향해 크게 나팔을 불고 있는듯한 저 꽃은 천사의 나팔이라는 아름다운 이름을 하고 있단다.

어젯밤부터 오늘 낮까지 틈틈이 화단의 꽃을 하나씩 스케치북으로 불러내 봤다.

선비를 키운 집

작은 골목을 나와 다시 큰 골목을 걷다 보면 다시 옛 흔적이 많이 남은 집을 만난다.

대문을 사이에 둔 두 집은 세월의 흔적을 담고 있지만, 선비를 키운 집답게 기품이 있다. 이 집에서 학자와 공직자를 키워냈다고 한다.

사라져서 그리운 것들

환삼덩굴이 담과 지붕을 점령해 버린 사람이 살고 있지 않은 것 같은 고즈넉한 집이다.

지붕을 타고 오르는 환삼덩굴도 집과 어우러지니 가을 풍경으로 손색이 없다. 이제는 이 집도 사라져 이 그림이 마지막 기록이 되었나 보다.

우두동 사람들만 아는
부흥방앗간

골목 안에는 우두동 사람들만 아는 방앗간도 있다. 이 방앗간은 온 동네 비밀창고다. 앞집 논 소출부터, 뒷집 손녀 돌잔치. 옆집 고추 농사에 건넛집 참깨농사까지… 속닥속닥 온 동네 비밀을 섞어 기분이 뻥튀기되는 동네 방아를 찧을 뿐이다.

골목 안에서 아직도 대를 이어 활발하게 방앗간을 운영하는 이 부흥방앗간은 떡이 맛있기로도 소문이 자자하고, 주인은 크고 작은 훈훈한 봉사로 부흥방앗간에 또 다른 온기를 심어 주고 있다.

대가집 어여쁜 규수
훔쳐보듯

부흥방앗간 옆집은 뜰 안에 보리수, 자두, 사철, 두충나무와 진달래와 자산홍도 피어나고, 지난해까지도 자두나무꽃 화사했었다. 마치 대갓집 어여쁜 규수 훔쳐보듯 집안을 기웃거리는 재미가 있었다.

이 집도 올봄엔 나무가 모두 사라지고 뜰이 휜하게 비어, 옆집 택시회사의 명품 밤나무만 더 도드라져 보였다. 아쉬웠지만 그 선택에도 이유는 있었으리라.

봄꽃이 졌다

봄꽃이 졌다.

이제 골목은,
어린 잎새들도 제법 자라
진초록빛을 띠고
그 잎새 뒤에 숨어서
작은 과실들이 알알이 커가고 있다.

아쉽다.
그 많던 우두동 봄꽃이 다 졌다.

우두동 맛집
'머슴뻡' 자연밥상

이제 골목을 나와 강변 산책로로 이어지는 길로 들어서면 '머슴뻡'이라는 상호를 가진 음식점을 만난다. 대문 앞에 독특한 안내문이 붙어 있다.

'문 열려 있으면 영업 중입니다. 닫혀 있다면, 힘들고 지칠 때는 그냥 쉼'

우린 겨우 밥 한 끼 먹고 주인장들의 자유를 얼마나 구속했을까. 문 열려 있으면 밥 먹고 오고, 닫혀 있으면 또 강변을 산책하면 되는 것이고….

낙지볶음, 고봉밥도 맛있을뿐더러, 손을 댄 듯 안댄 듯 자연 정원에 심어진 각종 토종 꽃과 각종 장이 담긴 장독대를 보면 멋지고 개성 강한 주인장의 자유로운 품성을 보는 듯해 기분이 좋아진다. 산책이 마무리되었다면 이제 우두동 맛집 '머슴뻡'에서 자연밥상으로 점심 한 끼 해도 좋겠다.

우두동 사람들은
강과 함께 살았다

온수지

우두산

한국폴리텍3대학
춘천2캠퍼스

소양3교

우두감리교회

소양초등학교

우두동은 강이 둘러싸고 있는 아름다운 동네로 동네 사람들은 강과 함께하며 살았다.

우두산 아래 우두동 우두배터는 마을과 마을을 이어주고, 삶과 죽음을 잇는 다리 역할을 했다. 우두동 사람들은 배터에서 수영하며 놀기도 하고, 아낙네들은 빨래를 했다고 한다. 학생들은 학교에 가기 위해, 어른들은 일하기 위해 배터에서 배를 타고 강을 건넜다. 뱃사공들은 또한 마을과 마을, 삶과 죽음, 집과 일터 사이를 건너도록 도와주는 흐르는 물로 인해 단절된 것들을 도와주는 역할을 했다.*

마을 주민들과 신사우동 주민자치회는 옛 우두배터 복원의 필요성을 느끼고 2022년 우두배터 복원프로젝트를 진행해 배터의 일부를 복원하고 기념 조형물을 세웠다.

*『우두배터』, 한주석, 춘천시 신사우동주민자치회, 2022.

우두배터의 추억

우두상리 주민들은 아침이면 나룻배를 타고 일터로 갔다. 하일이라 불리는 건너편에 도착하면 나룻배로 통학하는 하일 아이들을 태우고 다시 돌아왔다.

때로는 밭을 갈기 위해 건너편 일터로 가는 소를 태우기도 했다. 소는 배에서 소변을 보기 일쑤였다. 익숙한 주민들은 소와 함께 배를 탈 때면 알아서 멀찍이 비켜 앉았다.

마을에서 누군가 생을 달리하면 강 건너편 공동묘지로 상여를 태우고 가기도 했다. 이런 날이면 나룻배 위에 주민들의 곡소리가 가득했다. 자욱한 물안개를 지나 강을 건너 삶의 마지막 자리를 찾아가는 것이다.

동네 아낙들의 사랑방
빨래터

우두배터 아래 강변에는 빨래터가 서너 군데 있었다. 지난가을 동네 밭에서 만난 아주머니께서는 6.25전쟁 직후 가평에서 시집왔고, 하루에도 서너 번이나 빨래 광주리를 안고 빨래터를 찾았던 동네 아낙들의 사랑방이자 놀이터였다고 전하셨다.

지난해 가을 햇살 화사하던 강가엔 낡은 계단만이 남아 그 시절을 추억하고, 오리들만 물살에 긴 꼬리를 남기며 유유자적 노닐고 있었다. 그나마 우측 나무는 11월 어느 날 강변 산책길을 조성하면서 트랙터로 밀어버려 사라진 것을 확인하고 안타까운 마음이었던 기억이 있다.

팔뚝만한 누치
쏜살같이 달아나고

몇 해 전 우두배터 근처에서 카누를 탄 적이 있다. 팔뚝만한 누치가 두세 마리씩 쏜살같이 달아나는 것이 육안으로도 보여 탄사를 보내기도 했다. 같이 카누를 타고 우두강을 탐사한 우두동에서 나고 자란 한문학자의 어린 시절 추억담은 이렇다.

"예전에는 정말 작은 물고기 큰 물고기 엄청 많았는데, 이제는 작은 물고기는 한 마리도 안 보이고 이렇게 큰 누치만 처음 보였다. 우두산 뒤 비냥 아래 물속에는 큰 바위가 많아 동네 형들은 직접 만든 작살을 들고 잠수하여 팔뚝만 한 메기를 잡아 나오곤 하였다. 지금 생각하면, 깊은 물 바위 속에 점잖게 쉬고 있던 메기가 얼마나 놀랐을까 하고 늦게나마 메기들을 애도한다."

우두 앞 강 여울에는

우두 앞 강에는 여울이 많다. 가래목여울, 할미여울, 내다리여울. 여울 아래에서는 물살이 돌돌돌 소리 내어 흐른다. 쏜살 같은 물살 아래 반짝반짝 조약돌 몸 부딪혀 속삭이는 소리이다. 하얀 물거품은 몸 숨길 곳 많아서 물고기도 모여 숨바꼭질한다.

소양강의 노래

옛사람들이 읊은 소양강에 대한 감흥도 지금과 크게 다른 것 같지는 않다. 방랑과 저항의 일생을 산 김시습의 한시에 품고 있는 뜻이 어찌 소양강의 비단 같은 물결뿐이었겠으랴. 하지만 시대를 거슬러 같은 소양강물을 바라보는 심상은 크게 다르지 않다는데 한시를 읽는 재미가 있다.

소양강 물 위에 봄바람 일어나니 昭陽江上春風起
강물이 비단 무늬처럼 주름지네 縠紋細蹙江之水
강물은 유유히 밤낮으로 흘러 江水悠悠日夜流
멀리 이백 리 밖 신주를 향하네 遙向神州二百里
나는 물 위에 뜬 새만도 못하니 我不如水上鷗
새는 물결 따라 쌍쌍이 부침하네 隨波對對相沈浮
또 매지 않은 배만도 못하니 又不如不繫舟
배는 종일 두둥실 푸른 파도에 떴네 竟日泛泛滄波頭

_ 소양강의 노래昭陽引, 매월당 김시습梅月堂 金時習

소양3교에도
아름다운 아침이 시작됐다

우두배터에서 이어지던 우두 사람들의 생활은 소양3교가 생기면서 다리가 그 역할을 대신하였다. 배터의 낭만이 사라지고 강과 함께 생활했던 우두 사람들의 삶이 변화해 갔다.

이제 가을 문턱에 들어섰다. 소양3교에도 아름다운 하루가 시작됐다. 밤새 비가 살짝 다녀가 아직도 물기가 묻어나는 아침 안개에 소양3교가 모처럼 발목 담그고 물장구치고 있다. 여름 끝자락에 강기슭 들풀들이 왕성한 생명력을 자랑할 때 물고기와 오리는 들풀 사이로 몸 숨기기 바쁘다.

역사는 작은 흔적으로
그를 기억하게 한다

소양중학교

순복음
늘찬양교회

마장달빛교

소양초등학교

우두성당

소양2교

소양2교에서 인형극장까지 이어지는 길도 북한강변을 즐기며 걸을 수 있는 멋진 산책로이다. 소양팔경 중 '고산낙조'라 칭송했던 고산 쪽으로 지는 저녁노을은 특히 8월 늦여름에 더욱 붉다.

의암호에 덩그러니 놓인 몇 기의 삭도. 삭도는 일제강점기, 대륙침략의 전진기지로 전력 생산량을 높이기 위해 건설하던 화천발전소를 짓기 위한 물자 수송을 하던 케이블카의 흔적이다.

역사는 작은 흔적으로 그를 기억하게 한다.

역사는 작은 흔적으로
그를 기억하게 한다

이제는 넓은 의암호의 폭을 가늠하게도 하고 철새들의 중간 기착지로 피곤한 날개를 쉬게도 하는 삭도. 삭도 위의 철새는 아마도 그 작은 날개로 멀리 대륙을 오갔으리라.

천천히 삭도 옆으로 물풀과 연꽃으로 장관을 이룬 커브 길을 돌아 나오면 멀리 보이는 삼악산의 세 봉우리가 선명하다.

모든 사라지는 풍경에
어찌 다 애도를 표하라

모든 사라지는 풍경에 어찌 다 애도를 표하라.

삭도의 다리가 이제 제 역할을 한다는데 아쉬울 것도 없지만, 마장천 굽이진 개천 변 돌며 낮은 곳에서 멀리 바라보던 삼악산 풍경도 참 좋았었다.

수탈의 흔적조차 이젠 어느 사이 철새들 나란히 앉아 다리쉼하는 곳이 되어버려서 그 또한 애틋했었다. 영원한 풍경은 없다. 길들여진 풍경만 있을뿐….

마장천의 삭도 교각은 지금은 마장달빛교 조망 데크(deck)의 지지대로 활용되고 있다.

긴 한숨같은 술잔에
버드나무 잎 하나 띄우고

낡은 배 띄워 고산낙조 속으로 들어가 붉게 물들어 갈까나.

비 오는 강, 저 배 띄워 긴 한숨 같은 술잔에 버드나무 잎 하나 띄우고 뱃노래라도 듣고 싶은 날이다.

5월의 햇살과 바람으로
밤나무 저리 찬란해지고

밤나무잎 사이로 쏟아지는 5월의 햇살과 바람으로 잎은 무성해지고, 여리여리 연두도 색이 짙어졌다.

오지 않는 계절을 늘 기다렸건만 제대로 한 번 얼굴 맞대보지도 못하고, 밤나무잎은 저렇게 찬란해졌구나.

또 계절은 간다.

신사우도서관을 가다
문득 멈추는 곳

우두 상중하리 강 옆에만 주로 다니는 나도 가끔 큰길을 건너 도서관이나 동사무소에 가다 문득 멈추는 곳이 있다.

사람들이 사는 곳에는 늘 그렇듯 우두동 역시 크고 작은 종교 시설이 있는데 유난히 특이한 구조와 색감. 그리고 필요에 따라 한 칸씩 넓혀간 듯 보이는 덧붙여 지어진 작은 건물들.

분홍색과 보라색의 지붕과 틈 사이를 살짝 포인트로 장식한 빨간 색감. 그리고 무엇보다 연하늘 빛 차 레이가 그 자리에 귀엽게 주차된 모습이 좋았다.

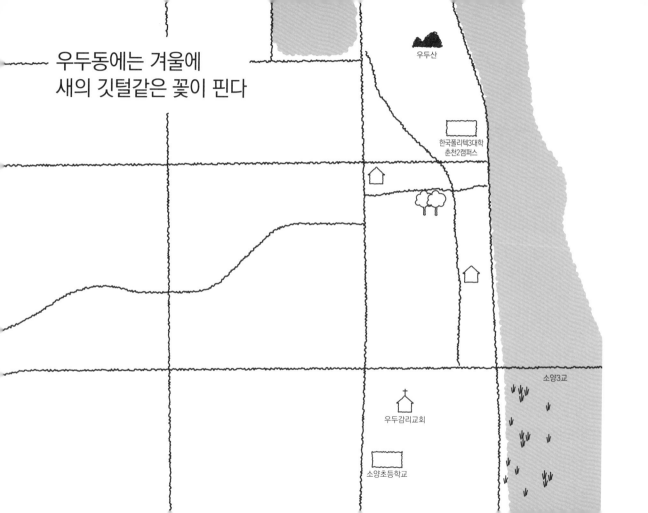

우두동에는 겨울에
새의 깃털같은 꽃이 핀다

우두산

한국폴리텍3대학
춘천2캠퍼스

소양3교

우두감리교회

소양초등학교

우두동은 소양3교(우두교) 아래 상고대가 아름다워 사진 전문가들의 출사지로 전국적인 명성을 얻었다. 상고대뿐만 아니라 강물과 강변 버드나무숲, 철새, 일출과 일몰 등을 감상할 수 있다.

상고대는 과냉각된 미세한 물방울이 나뭇가지 등의 물체에 부딪히면서 만들어진 얼음 입자로 '나무나 풀에 내려 눈처럼 된서리'라는 뜻이다. 주로 기온이 갑자기 떨어진 한겨울 고산지대나 호숫가의 나뭇가지 등에 형성된다.

기후의 변화로 소양강 상고대에도 몇 해 동안은 볼만한 상고대가 형성되지 않았다. 다행히 지난해에는 몇 번의 폭설로 상고대가 피어났지만 해가 뜨면 이내 사라져 아쉬웠다.

겨울에 우두동의 잎들은
그 뿌리로 돌아간다

우두동에 몇 해 동안 더 이상 눈은 오지 않고 날씨도 춥지 않아서 우두 상고대에도 하얀 새의 깃털 같은 꽃은 피지 않았다.

우두동의 잎들은 조락하여 그 뿌리로 돌아가 숨 쉬고 꿈틀거리고, 끊임없이 수액을 마시고, 때론 포근한 눈 이불을 덮고 잠시 노곤한 낮잠을 자기도 했다.

하얀 새 깃털같은
눈꽃이 피고

지난겨울에는 모처럼 밤사이 소리 없이 내린 눈으로 우두동 상고대에 하얀 새 깃털 같은 눈꽃이 피고, 새들조차 고요한 새벽 강에 붉은 아침 해가 스며들었다.

새벽은 같은 풍경도 날것으로 만들어 놓는다. 낮게 드리운 여명에서 마치 태초 생명체의 비린내라도 날 듯한데, 밤새 켜져 있던 동네 교회 십자가 불빛은 너무 아름다워서 그 앞에 잠시 엎드리고 싶은 생각까지 들게 한다.

눈 쌓인 지붕 아래
사립문을 열면

눈 내린 우두동 풍경은 고즈넉하다. 강가에 위치해서인가? 아직도 갈잎을 달고 있는 밤나무 위에 소복이 눈이 쌓여 정겨움을 더한다. 낙엽은 나무의 잎이 계절의 변화로 나무 속의 물이 빠져나가지 않게 잎을 떨구는 거라는데, 우두동 나무는 아직도 소양강 물을 흠뻑 들이켜 마른 잎들을 제 몸 밖으로 밀어내는 것을 잊었나 보다.

눈 쌓인 지붕 아래 사립문을 열면 등불을 아래 선비가 책상을 펴고 글을 읽고 있을 것만 같다.

우두벌 밥 짓는 저녁 연기

우두동 굴뚝에 모처럼 저녁연기 피어오른다. 고향 떠난 가족들이 돌아온 것이다. 마당의 백구 두 마리는 집 떠났다 돌아온 가족들이 반갑기만 하다.

'컹컹' 개 짓는 소리가 우두벌 너른 벌판을 울린다. 멀리 서쪽으로 지는 노을이 붉게 번지다 이내 보라색으로 변해가는 모습이 오묘하다. 겨울은 참 그 시린 기운만큼이나 아름답기만 하다.

우두동동 우두두두동
'세하의 우두동 그림산책'을 따라걷다

김인자 (시인)

기억은 추억을 제조하는 기계다. 사물과 사건과 시간을 분류하고 표준화한다. 예외는 있다. 향수와 그리움이다. 그리움은 특정한 대상 특별한 사람 특별한 공간을 유추하게 한다. 배롱나무꽃 하면 왠지 온몸이 간지럽고 혀끝이 달착지근해 지는 심사처럼, 작고 소소하지만 찬란하고 아름다워서 함부로 슬퍼할 수조차 없었달까. 어느날 기억의 편린들이 소장되어 있는 '우두동'이라는 이름을 가진 작은 창고 안을 들여다볼 기회가 내게 주어졌을 때, 그 속에서 먼지를 뒤집어 쓰고 있는 귀한 원석을 발견하는 의외의 수확이 있었는데, 그건 다름 아닌 글과 그림에서 소설의 첫문장 같은 생경함이 주는 기쁨을 들 수 있겠다.

2020 봄.
세상은 전과 달라져 있었다.
나는 밖으로 향하는 시선을 거두고
우두동을 걸었다. – 들어가는 글

춘천을 이야기 할 때 새벽마다 안개가 성큼성큼 걸어다니는 소양강을 제외하고 설명할 방법은 없어보인다. 우두동 또한 예외일 수 있겠는가. 작가 심안이 발견한 소소한 예찬들을 양분 삼아 살고 있는 우두동을 지키는 나무와 꽃들, 생명을 가진 모든 식물의 뿌리는 소양강에 젖줄을 대고 있는 것이 분명하다. 강의 역할이 대식구를 먹여살리는 거라면 그것은 역사적 사명과 무관하지 않다고 보는 게 맞다.

삶의 노정에서 문득 밖으로만 머물던 풍경들이 안으로 향하는 지점이 있다. 3년여 전에 문득 옛 풍경과 정겨움이 많이 남아있는 아까운 우리 동네 '우두동'이 보이기 시작했다.

우두동 골목을 수없이 다니며 우두를 살만한 곳이라 읊은 옛 기록들이 이해되기 시작했고, 우두를 그림으로 기록하던 어느 순간부터 단편영화의 필름처럼 이어지는 몇 가지 모양으로 우두의 길이 나게 되었다. – 자세히 봐야 예쁜 우두동 골목

작가가 우두동 골목 사랑에 빠져 이곳저곳을 서성대다 골목 끝에서 누군가 제 아이 부르는 소리에 서둘러 집으로 돌아와 자리에 누우면 꿈인 듯 생신 듯 창을 두드리는 소리에 내다보면 어둠 속에서 낮에 만났던 키다리 아저씨 같은 나무와 이름 정도는 익히 알만한 앉은뱅이 꽃들이 밤마다 그녀를 찾아와 인사를 건네고 돌아가지 않았을까. 모서리는 없지만 여전히 동화 같은 사랑은 향수와 그리움으로 늘 설레는 꿈을 꾸게 하지 않았을까. 그리고 작가가 감사해하는 이유들은 수시로 그 골목을 서성거리게 했을 테고, 무엇을 그리고 무엇을 써야 한다고 스스로를 재촉하고 행복한 괴롭힘을 주지 않았을까.

신도 잠시 휴식을 취하는 이 고요에 붉은 여뀌는 아침 햇살에 고개 들고 물까치 떼 지어 허공을 나는구나.
어찌 이 아침에 감사하며 기도하지 않으리 – 붉은 여뀌 아침 햇살에 고개들고

그래 어찌 이런 아침에 감사하며 기도하지 않을 수 있을까. 내겐 가볼까 말까 고민할 필요도 시간도 없었다. 내 손에 들어온 책을 한 쪽 두 쪽 넘기는 순간 이미 내 맘은 우두동 골목을 걷기 시작했으니, 우두동은 우리가

흔히 생각하는 옛 골목 옛 풍경에서 크게 벗어나리란 기대는 하지 않았음에도 대체 어떤 힘이 내 손에서 이 책을 떼어내지 못하게 하는지 알 수가 없다.

환삼덩굴이 담과 지붕을 점령해버린 사람이 살고 있지 않은 것 같은 고즈넉한 집이다.
지붕을 타고 오르는 환삼덩굴도 집과 어우러지니 가을 풍경으로 손색이 없다. 이제는 이 집도 사라져 이 그림이 마지막 기록이 되었나 보다. - 사라져서 그리운 것들

큰 빌딩과 아파트에 밀려 하루가 다르게 쇠락해가는 우두동의 어느 것 하나도 놓치지 않으려는 작가의 시선을 따라가다보면 우두동에 관한 역사와 옛이야기, 과거이면서 현재이기도 하고 또한 미래일 수도 있는 야트막한 지붕과 골목엔 사람 냄새로 가득하다. 붉은 기와지붕과 예배당 십자가와 길과 길 사이, 집과 집사이를 연결하는 전깃줄과 열린 대문의 안과 담장 밖에는 목련꽃이 하얗게 피고 달맞이꽃, 감자꽃, 토끼풀, 붉은 여뀌 등, 온갖 꽃과 나무와 채소가 까치발로 자라고 새들도 날아온다. 따듯한 작가의 시선은 어느 것 하나 그냥 지나치지 않는다. 심지어 파밭도 설레임이라 전언한다.

골목을 깊이 들어서면 파밭이 아름다운 집을 만난다. 하늘조차 황사로 회색빛으로 드리운 봄날, 녹색의 파밭에 빠져있을 때 후두득… 새 두 마리 날아간다.
파밭도 이렇게 유혹적이니, 우두동의 모든 것이 오늘도 여전히 설렘이다. - 우두동은 파밭도 설렘이다

높은 담에 둘러싸인 저택 정원에서 피고지는 꽃은 아무리 예쁘다 해도 그 안에서 사는 사람들만 볼 수 있는 한계성을 지니고 있다면 무엇 하나 내세울 것 없는 서민들이 사는 골목엔 대문 곁이나 지붕, 심지어는 대문 밖까지 울긋불긋 채송화 봉선화 분꽃 백일홍 등 우리꽃을 가꾸어 마을 사람들의 눈을 즐겁게 한다. 나이든 어머니들이 굽은 허리로 가꾼 꽃들은 나보다 이웃을 위한 배려라서 비록 찌그러진 깡통이 화분을 대신할지라도 그 대문에서 피고지는 꽃의 이름은 사랑일 수밖에 없다.

낡은 배 띄워 고산낙조 속으로 들어가 붉게 물들어 갈까나.
비 오는 강, 저 배 띄워 긴 한숨 같은 술잔에 버드나무 잎 하나 띄우고 뱃노래라도 듣고 싶은 날이다. – 긴 한숨 같은 술잔에 버드나무 잎 하나 띄우고

어느 지역인들 그렇지 아니할까마는 작가는 우두동을 소개할 때 삶은 지금 여기 같아야 한다고 속삭이면서 유독 힘을 주는 부분이 있다. 우두동은 천천히 그리고 자세히 봐야 아름답다고. 책의 마지막 장을 덮고 나면 왜 그런 설명이 필요했는지에 대한 이해는 자동으로 해결된다.

우두 앞강에는 여울이 많다. 가래목여울, 할미여울, 내다리 여울, 여울 아래에서는 물살이 돌돌돌 소리내어 흐른다. 쏜살같은 물살 아래 반짝반짝 조약돌 몸 부딪혀 속삭이는 소리이다. 히얀물 거품은 몸 숨길 곳 많아서 물고기도 모여 숨바꼭질한다. – 우두 앞 강 여울에는〈전문〉

조금만 더 길었으면, 몇 페이지만 더 늘렸으면, 하는 아쉬움을 간직한 채 작가의 글과 그림을 들여다 본 순간 순간들은 작은 행복감으로 심장이 몽글몽글했다. 현란한 수사나 유려한 문체는 아니었지만 마음을 다해 한 줄 두 줄 써내려간 글은 순수로 감동하게 했고 세필화에 가까운 그림은 얌전하고 착하기 그지없었다. 머잖아 어느 해질무렵 혼자 느릿느릿 우두동 골목길을 산책하고 있을 나를 상상해본다. 그 상상이 현실이 된다면 그 것은 내 의지가 아니라 지금 내 손 안에 있는 작고 예쁜 책 『우두동동 우두두두동』이 한 일이라는 걸 믿어 의 심치 않을 것이다.

우두동동 우두두두동

세하 원미경

동네그림을 시작하다

2020년이 시작되고, 코로나라는 돌발상황을 맞으면서 발이 묶이게 되었습니다. 그때 문득 오래전에 수강 신청해 놓아서 거의 만료 위기에 놓인 온라인 드로잉 강좌를 거의 열흘 만에 속성으로 끝내고 혼자 그림을 그리기 시작했습니다. 처음에는 옛 풍경이 남아 있는 먼 동네에 눈이 머물렀는데, 어느 곳보다 옛 풍경과 정겨움이 많이 남아 있는 가까운 우리 동네 '강원도 춘천시 우두동'이 보이기 시작했습니다.

2010년 쯤에 입주를 시작한 강변코아루 아파트 옆에는 아파트가 들어서기 전 마을을 이루던 주택가를 들어서는 골목이 있습니다. 현대인의 심리를 대변하듯 아파트는 옛 주택가보다 한층 높이 자리해 마을에 들어가기 위해서는 경사를 이루며 점차 낮아지는 골목으로 들어서야 합니다. 이곳에 산 지도 어언 15년이 되어가건만 마을을 찾아 들어가는 시간은 참 길었습니다.

옛 풍경을 아직도 고스란히 담고 있는 골목에는 주택과 밭이 경계 없이 같이 자리하고 있어, 이제 막 농사를 준비하는 손길이 인적 드문 골목 곳곳에서 느껴졌습니다. 먼저 정갈하게 간 밭에 놓인 비료 포대가 보이기 시작하더니, 봄이 무르익어 감에 따라 파밭이 보이고, 감자꽃이 피고, 옥수숫대가 쑥쑥 자라는 모습이 그림처럼 펼쳐지기도 했습니다. 들깨꽃이 그렇게 고운지, 가지꽃의 보라가 그렇게 매혹적인지도 우두동 골목에서 알았습니다.

담 너머로 자두나무꽃이 먼저 피더니 이내 영산홍이 그 짙은 분홍색을 자랑했습니다. 집 뜰 안에 나무 두세 그루는 기본이고, 대여섯 그루의 각종 수종의 나무들이 담 밖으로 그 향기를 흘리고 있었습니다. 그것도 모자라 골목 담벼락 아래에는 계절을 달리하며 봉숭아, 달리아, 국화꽃들이 쉼 없이 피고 졌습니다. 시간이, 바람이, 햇살이 만들어 내는 마술로 우두동 골목은 늘 소리 없이 들썩였습니다.

우두 상리에 이르러는 폴리텍대학 앞 논에는 커다란 메타세쿼이아가 홀로 우뚝 서서 논물 속에서 그 긴 그림자를 드리우고 있었습니다. 나무를 보는 순간, 어릴 적 좋아했고 지금도 간간이 생각나는 '알프스 소녀 하이디'에 나오는 나무가 생각났습니다. 밤이면 윙윙 커다란 울음소리를 내고, 하이디가 등을 기대던 나무였습니다. 마을 한가운데 자리한 그 메타세쿼이아에 혼자 제 별칭을 따 '세하나무'라 이름 짓고, '세하나무'와 그 우두상리와 중리 그리고 하리길 정겨운 동네의 봄, 여름, 가을, 겨울을 기록하기 시작했습니다.

우두동의 밥 짓는 저녁연기 '우야모연(牛野暮煙)'

지금은 봉의산 기슭에 있는 소양정에서 바라본 아름다운 경치인 소양팔경 중에 우두 들녘에 밥 짓는 저녁연기인 '우야모연(牛野暮煙)'이 있습니다. 우두벌의 넓은 들녘이 상상되기도 하고 동네 밖에서 뛰어놀다 밥 짓는 연기를 보며 집으로 돌아가는 개구쟁이들의 발걸음이 느껴지기도 하고, 때론 고향 떠난 나그네가 바라보는 그리움이 느껴지기도 해 그 은근한 느낌만으로도 소양팔경 중 가장 마음에 가는 풍경입니다. 지금의 우두동도 그러하지만 넓은 들이 고스란히 존재하는 우두벌은 어떤 모습이었을까 궁금하기도 했었습니다.

우두동은 선사시대부터 인류가 거주하기 시작했다고.합니다. 춘천과 관련한 가장 빠른 역사 기록은 『삼국사기』 『백제본기』의 기록입니다. 주양과 우두산성 춘천과 관련된 옛 지명이 등장합니다. 『삼국사기』 「지리지」에는 우두와 관련한 내용도 자세히 기록되어 있는데, 삭주라는 지명을 사용했다는 기록입니다. 춘천의 많은 지역에서 석기시대부터 인류가 살아온 흔적이 발견되는데 선사시대에는 물론, 문자를 통해 역사가 기록되기 시작한 이후부터 우두는 춘천의 중심이었음을 알 수 있습니다.

롯데인벤스 아파트 부지조사 등 우두동 지역 여러 구역에서 신석기~철기시대에 이르는 많은 유적지가 확인되었다고 합니다. 이러한 유적의 존재로 보아 신사우동 지역에는 특히 청동기, 철기시대(원삼국시대)의 대규모 취락이 있었던 것을 알 수 있습니다. 우두산 아래에서는 신석기 유적이 존재한 사실과 청동기 시대와 철기시대까지 수많은 유적이 존재하였다는 사실도 발굴조사를 통해 확인되었다고 합니다.

이중환의 『택리지』에서도 우두동을 "춘천 우두촌은 소양강 상류에 두 가닥 물이 옷깃처럼 합류하는 그 안쪽에 위치하였다. 물가에는 돌이 있고, 돌 아래에 강이 있으며, 강 밖에는 산이 있다. 비록 두메 복판이지만 멀리 펼쳐져서 시원하고 명랑하며, 또 강 하류에는 배가 통하여 생선과 소금의 이익이 있다. 주민은 장사를 하여 부유하게 된 자가 많고, 맥국 때부터 지금까지 인가가 줄지 않았다."고 기록하고 있습니다.

또한 좋은 터와 풍족한 땅을 가진 우두동은 아주 오래전부터 춘천을 대표하는 인물들이 배출된 고장입니다. 춘천 고대사의 길을 열었던 고조선의 장수 '팽오(彭吳)'가 터전을 이룬 곳이며, 김유신과 함께 신라의 삼국통일에 기여했던 화랑 '죽지(竹旨)'가 우두동 출신입니다. 선산김씨로 낭천현감과 병조좌랑, 사도시정을 역임한 김경직이 우두산 아래에 터를 잡고 살았으며, 영조시대 강원도 관찰사를 지낸 김낙수(金樂洙)도 우두와 관련한 인물입니다.

마지막 한문지지인 『수춘지』를 펴낸 송은 김영하는 우두와 양구를 오가며 집필에 열중했고 지금도 우두산 남쪽 자락에 묻혀 있습니다.

강이 살아있는 우두동

우두동의 아침은 멀리 대룡산을 넘어오는 아침 햇살로 시작됩니다. 소양팔경에서 이름하는 고산낙조도 아름답지만, 우두동의 일출이 강에 비친 모습을 보면 어느 붉은 노을보다도 아름답습니다. 새벽 공기가 주는 청량함을 또 어떤가요. 어떤 날은 새벽안개와 어우러져 선상에 있는 듯한 착각을 일으킵니다. 그즈음 아침 강가에 배를 띄우고 뱃전에 앉아있으면 그동안 알았던 춘천이 우두가 허상이었음을 알게 됩니다.

춘천의 소양강은 예로부터 큰 강이고 수많은 사연을 담고 있는 강입니다. 소양강의 아름다움은 옛 한시 여러 편을 통해서도 전해집니다.

문명의 가교 다리

다리는 문명과 문명을 지역과 지역을 연결하는 가교입니다. 춘천 시내와 우두동을 연결하는 다리는 다리마다 사연을 간직하고 있습니다. 우두동에는 소양1교, 소양2교, 우두교 3개의 교량이 건설되어 있습니다.

1933년 준공된 소양1교는 춘천대첩의 상흔을 그대로 간직한 평화의 다리입니다. 6.25전쟁 당시 춘천대첩을 완성하게 한 중요한 지점이었습니다. 납북한 간의 치열한 전투 과정에서 나타난 총 포탄의 흔적이 고스란히 남아 있으며, 많은 기록을 통해 소양1교가 중요한 역할을 하였음을 알 수 있습니다.

소양2교는 6.25전쟁 이후인 1950년대에 목조로 건설된 후, 1967년에 이르러서야 콘크리트 교량으로 건설되었습니다. 소양2교는 한국전쟁이 끝난 1954년에 미 육군 62공병대가 건설한 다리가 기원으로 '포니 브릿지'라고 명명되었던 다리입니다. 포니는 프랭크 하트만 포니(Frank Hartman Forney, 1906~1950) 대령의 이름입니다. 그는 미 공병단 대령으로 1950년 11월 청천강 전투에서 사망했었기에 그를 추념한 것입니다. 근화동 소양2교 초입에는 이를 기리는 기념비가 세워져 있습니다. 1967년에 개통한 소양2교는 2차선이었고, 1990년대 들어 춘천의 강북과 강남의 교통량이 증가하자 30년 만에 소양2교는 두 번째로 신축되었습니다. 새 다리는 아치형으로 1995년 10월 완공되었고, 1997년 12월에 1차 다리와 똑같은 2차 다리가 완공되었습니다.

우두동 새로운 역사를 쓰다

우두벌은 평탄하고 비옥한 토양을 가진 범람원 지역이기 때문에 일찍부터 취락이 형성되고, 농업이 발전하였다. 하지만 이제 우두벌은 농지가 넓게 자리했던 예전의 모습만은 아닙니다. 공공기관과 학교, 그리고 그에 따른 아파트가 들어서게 되고, 춘천시의 농업생산기지 역할도 담당하면서도 도시의 이미지를 지닌 도시와 농촌 경관이 함께 나타나는 도농복합형 지역이 되었습니다.

북한강과 소양강이 만나는 의암호를 중심으로 두고 양 갈래의 강 주변은 일반 산책로뿐만 아니라 자전거 산책로로도 명성을 얻고 있습니다. 강변 산책로를 중심으로 펼쳐지는 자연경관은 도시와 농촌의 모습이 조화로워 어디에 내어놓아도 손색이 없을 정도로 아름답습니다.

이제 변화의 물결도 변화를 바라는 열망도 외면할 수는 없겠지만, 주어진 주거 환경적인 이점을 최대한으로 보존하여 우두동이 갖는 아련한 그리움을 대지 깊숙이 간직한 땅으로 남았으면 좋겠습니다.

작품명	규격(cm)	제작연도	수록페이지
쭉 뻗은 농로는 삶에 생기를 준다	32x24	2022	57
목련꽃 달빛보다 환하고	32x24	2020	59
우두벌에서 말 달렸을까	32x24	2023	61
우두벌의 호수 같은 우두온수지	32x24	2022	63
비밀의 숲에 발을 디디면	32x24	2023	67
우두동의 아침은 자연의 시간이다	32x24	2021	69
붉은 여뀌 아침 햇살에 고개 들고	32x24	2022	71
우두동 풀들이 눕는데 규칙은 없다	32x24	2022	73
흐리고 바람부는 늦봄 우두동은	32x24	2021	75
낮달맞이꽃 청버들을 비추고	32x24	2021	77
계절 사이에 서있는 쑥부쟁이	32x24	2021	79
카누를 타고 강과 한 몸이 되어	32x24	2022	81
소양강은 품이 넓어서	32x24	2022	83
우두산 앞 대지에선 감자꽃이 핀다	32x24	2022	87
간절한 염원이 담긴 우두동 고인돌	32x24	2021	89
뜰 안이 작은 과수원	32x24	2021	91
녹색기와 빨간기와 머리를 맞대고	32x24	2021	93
진분홍 박태기나무	32x24	2021	95
얼마나 많은 시간 저 나무 자랐을까	32x24	2022	97
봄비에 실파도 키가 크고	32x24	2021	99
천사의 나팔	21x14.8	2020	101
선비를 키운 집	32x24	2021	103

작품명	규격(cm)	제작연도	수록페이지
사라져서 그리운 것들	32x24	2022	105
우두동 사람들만 아는 부흥방앗간	32x24	2022	107
대가집 어여쁜 규수 훔쳐보듯	32x24	2021	109
봄꽃이 졌다	32x24	2022	111
우두동 맛집 '머슴밥' 자연밥상	32x24	2022	113
우두배터의 추억	32x24	2022	117
동네 아낙들의 사랑방 빨래터	32x24	2021	119
팔뚝만한 누치 쏜살같이 달아나고	32x24	2021	121
우두 앞 강 여울에는	32x24	2021	123
소양강의 노래	32x24	2021	125
소양3교에도 아름다운 아침이 시작됐다	32x24	2021	127
역사는 작은 흔적으로 그를 기억하게 한다	32x24	2022	131
모든 사라지는 풍경에 어찌 다 애도를 표하랴	32x24	2021	133
긴 한숨같은 술잔에 버드나무 잎 하나 띄우고	32x24	2022	135
5월의 햇살과 바람으로 밤나무 저리 찬란해지고	32x24	2022	137
신사우도서관을 가다 문득 멈추는 곳	32x24	2022	139
겨울에 우두동의 잎들은 그 뿌리로 돌아간다	32x24	2021	143
하얀 새 깃털같은 눈꽃이 피고	32x24	2021	145
눈 쌓인 지붕 아래 사립문을 열면	32x24	2022	147
우두벌 밥 짓는 저녁 연기	32x24	2023	149